불을 놓아

일러두기

이 시집에는 전라도 방언과 시인의 고향에서 일상적으로 쓰이던 말들이 포함되어 있습니다. 해당 표현들은 별도의 표준어 수정 없이 원형을 살리려는 시인의 뜻을 존중하여 그대로 두었습니다.

불을 놓아

장진희
시집

솔
시선
40

하늘 아래 온전한 것은 없다.

온전하다면 하나뿐이겠지.

여기 찌그러지고 저기 쪼그라들고 참 가지가지 많기도 하다.

온전한 시가 하나도 없다.

쪼물락쪼물락하다가 풋내나는 열무지처럼

고치고 고치다 떡이 되어버린 그림처럼

더 망치기 전에

살살 버무려 담았다.

쥐고 있던 풍선 끈을 놓아버린 것도 같고

바람에 흩날려버린 것도 같고

병에 담아 파도에 띄워보낸 것도 같다.

시에 나오는 '등장사물'들이

봄을 몰고 오는 비 그친 강가에서, 숲에서

새삼 새로 싱그럽게 알은체한다.

2026년 3월

장진희

| 차례 |

시인의 말 … 5

제1부

단풍이 어째서 붉은지 알지야 … 13

하늘 … 15

햅쌀밥 … 16

지리산 벽송사 … 18

시월 … 20

지하수 … 21

봄 오는 날 … 22

유랑장사 … 23

단풍잎 떨어져 … 26

혼새 … 27

4.16 … 28

옥수수쉰내 … 32

비올바람 … 34

성산포 … 35

제2부

애비는 토벌대였다 … 39

고사리 삼천배 … 41

영산강 … 42

봄 빨래 … 47

금둔사 1 … 48

그때 그 엄마 누이들을 찾습니다 … 49

득량만 … 51

지리산 문수사 반달곰 … 53

초록 눈물 … 56

임자도 … 58

4.3의 아침 … 60

팽나무 … 63

사려니숲 … 65

제3부

진돗개의 죽음 … 71

사랑 … 73

성묘 … 75

불을 놓아 … 77

미역장시 시집 … 79

나 … 81

한라산 … 83

보성강 … 86

구례장터 … 87

생명 … 89

애기 웃음 하늘님 웃음 … 91

죽곡 … 93

해찰 … 95

노랑 저고리 붉은 치마 … 97

겨울 이끼 … 100

제4부

순천 아랫장 찹쌀 할매 … 105

휴식 … 107

봉정댁 … 109

소안도 엄매 … 115

밝은 빛 따라 환히 가소서 … 118

상여소리 … 122

늙은 소년 … 127

백일홍 2 … 129

친구 제사 … 130

한밤중 혈투 … 132

2020년 매화 … 134

귀정사 … 136

저물도록 비 오신다 … 140

시인의 산문 나는야 겨울나무 ㅆ … 143

제1부

단풍이 어째서 붉은지 알지야

악아!
단풍이 어째서 저라고도 붉은지 알지야
단풍뿐이더냐
애기손 같은 생강나무 노란 이파리
불너울처럼 타오르는 붉나무 이파리
앞산에 참나무는 순하게 먹은 이들이 눈 똥색깔로 물들고
동구에 키큰 할아버지 느티나무는 텃밭에 따순 황토 빛
으로 물들었다

올봄에 말이다
녹음방초 우거지는 시절에 때아닌 오돌오돌 추위가 찾
아왔는디
와따메!
나무들 푸른 이파리가 징허게 냉차드라
삭신에 얼병이 들랑가 마음에 얼병이 들랑가
여름나무가 그라고 무섭게 추운지 그때 알았어야

인자 겨울 앞두고 저 나무들이 우리 시상에 불을 때주고
있는구나

지 몸 불살라서 우리 마음 뎁혀주고 있는구나

악아!
노상 겨울을 맞는 울 악아!
저 나무들이 얼매나 따숩냐
저라고도 우리를 사랑 안 하냐

저 나무들은 인자 떨굴 것 다 떨구고
놓을 것 다 놓고 뿌리로만 산단다
땅속에서 하늘을 그린단다

악아! 암사토 안 하다
아무리 매서워도 아무리 떨구어도
그럴수록 우리는 뿌리가 된단다
어짜든지 하늘이 된단다

하늘

오늘은 하늘이 참 투명하였습니다

그 파아란 빛깔이 깊고 먼 바다만큼 물러나

깃털구름 뭉개구름 파도처럼 하얗게 어울렸습니다

햇살은 뜨겁게 맑고

바람은 헐렁하였습니다

이산 저산 초록은 선명하고

먼 산조차 또렷하여

욕망이 숨을 데가 없었습니다

오늘 사람들은 착하고 순하게 살았습니다

허리를 펴려고 하늘을 올려다본 농부는

하늘 참 곱다

콩밭에 풀조차 가만가만 매주었습니다

서산에 해 넘어가고

하늘은 발갛게 기뻐하였습니다

햅쌀밥

첫 햅쌀밥을 안치며 마음이 설렌다
오늘은 잡곡도 뭣도 아무것도 섞지 않고
하얀 쌀만 안친다
진돗개도 실컷 먹으라고
한 솥단지 안친다

뜨물도 아까워 냄비에 받아
된장국을 끓이고
생선도 굽고
김도 굽고
오첩반상을 차린다

이팝 담은 밥그릇에서
우리 논
하늘 맑은 햇살이 보인다
산마을에서 계곡 타고 내려오는 바람 상큼 꼬순 냄새가
난다
물꼬를 타고 넘는 비
철철 맞던 나락이 보인다

깜깜한 밤 거기 논을 돌아가는 별자리와
대낮처럼 밝은 달 아래
홀로 어울려
살랑살랑 노랗게 흔들리는 벼가 보인다

그러고 보니 햅쌀뿐인가
물고기가 떼지어 다니던
그 먼 바다
검푸른 빛

밀물 썰물 드나드는
파도 치는 갯바위
전복 껍질로 긁어내던
아이 머리카락 같은
돌김 부드러운 감촉

초록 이파리 썽썽한 가을 무
달디단 채지

세상천지가 밥상에 다 앉았다

지리산 벽송사

출세 좀 할랑께 한표 줍쇼 마천면소재지 유세 무리를 지나 깜박등 예고도 없이 코앞에서 튀어나오는 차에다 빵빵빵 신경질을 울리고 씨부럴 욕을 씹었다

바짝 마른 칠선계곡 따라 오른다

저 안 불렀다고 쫓아와 여러니 밥 비빈 판에다 먹던 술을 부어버린 팔푼이 이웃 아짐한테 욕을 양동이로 퍼부운 지 석달이 지나도록 용서를 비는 그니를 아는 체도 안한다

삼십년도 넘은 친구를 끊었다

씻김굿 당골이 무명베 하얀 고를 풀듯 육십평생 맺힌 애증을 풀자고 얼르고 달래고 풀다풀다 그만 아흔둘 늙은어미를 자르고 말았다

입하도 소만도 지나 날 더워질 때 빨갛게 익는 손톱만한 딸기, 텃밭에서 달게 따먹으며 봄도 오기 전에 장에서 사라진 왕방울만한 딸기를 생각했다 왜 여름딸기를 겨울에 먹어야 할까 석달열홀 무섭도록 타들어가는 가뭄은 그탓이려니

권력욕탐 후보 부처님
사고유발 잠재자 하나님

안 착한 아짐 알라님
비틀어지며 늙어가는 친구 탱그리
평생 딸보다 당신 먼저 어미 천지신명
불타는 지구 위대한정령
그래 나도 부처다

마음에는 눈에는 보고 싶은 것만 보인다는데
산을 만나 산을 닮고 물을 만나 물을 닮고 바람을 만나 바
람을 닮는다는데
반천년 소나무 아래
눈을 감고 앉는다
부처를 만나 부처를 닮을 때까지
모두가 부처로 보일 때까지
물그릇 앞에 놓고 물그릇만 보일 때까지
단비 쏟아질 때까지

시월

숲이 울고 있다

기진하여 초췌한 전사처럼

소슬바람 한 자락에 마른 눈물 툭툭 떨어진다

여울물 함께 운다

폭염 같은 기쁨 폭풍 뒤의 상처

지뢰밭 세상 걸어온 내 몰골이 가지 끝에 걸려 있다

황금빛 저녁햇살 비껴

숲의 겨드랑이를 껴안는다

말갛게 옅어져 도로 연두빛 아이 되라 하고

강아지처럼 볼을 핥는 바람

기어이 단풍 곱게 물들이겠지

지하수

아 따숩다
잿빛 세상
매운바람 타고 진눈깨비 날리는데
수전을 흐르는 물에 배추를 씻고
무, 갓, 쪽파, 생강, 마늘을 씻는데
추운 거처 어는 땅 밑을 흐르던 물은 차례차례 밀려나
가고
점점 더 따순 물이 나온다
추울수록 따뜻한 지하수
누구의 온기인가
땅속 엄마가 내뿜는 훈김인가
저 품으로 기어들고 싶다

너도 그럴까
세상 찬 바람에 싸늘한 네 가슴도
겉 물 다 토해내고 나면
네 속 깊숙한
따순 물이 흘러 흘러 나올까

봄 오는 날

봄 오는 마을은 어디고 고향이다
산골짝 양지바른 밭둑에서 냉이 쑥 머우 캐는 내가 있고
동구에 당산나무 큰 마을
대보름날 두른 금줄 아래 비손하는 내가 있고
풍어제 지내는 바닷가 마을
오색 깃발 날리는 고깃배 앞에서 깽맥이 치는 내가 있고
따순 바람 넘어오는 남쪽 마을
감자밭에 먼저 자리잡은 풀을 매는 하얀 머릿수건 쓴 내가 있다

봄 오는 날은 아무것도 하지 말고
아지랑이 아롱대는 토방 아래 쪼그리고 앉아
흙마당에 나뭇가지로 그림을 그리면
햇살 가리며 그림자 하나 나타나니
떠나간 사람은 거짓말처럼 모두 그렇게 온다

유랑장사

긴 겨울을 나는 산골
아이도 젊은이도 없는 마을
영감도 먼저 가버린
기름값 무서워 더욱 썰렁한 집을 나와
할매들 마을회관에 오골오골 모여 있었다

바닷가 마을에서 미역 다시마 싣고
방방곡곡 산골짝 마을마다 찾아가는
나는야 미역장시
작년에 왔던 각설이, 아니 미역장시, 죽지도 않고 또 왔네
할매들 반겼다

회관 한쪽에 먼지 쌓인 장구를 끌어내어
진도아리랑 함께 불렀고
밥때 됐는디 밥 묵고 가소
밥을 고봉으로 퍼담아주고
마이 묵어, 돌아댕길라믄 배고프제
젓가락 자주 가는 반찬그릇 가까이 밀어주었다

미역장시는 내일 점심 때 같이 끓여드시라고
미역 한 가닥 꺾어 내놓는 걸 잊지 않았다
새참 때는 삶은 감자 고구마 부침개 싸주며
한 군디라도 더 가서 팔아야제, 감서 묵어
어디고 그랬다
동냥젖 얻어먹듯 할매들 사랑 탁발이었다

돌림병이 돈단다
그 마을회관에 외부인 출입금지라고 써붙여 놓았다
저 마을회관에서는 그중 젊은 여인이 나와 매서운 눈초
리로 쫓아낸다
이 마을회관에서는
기분나뻐락 하지 마쑈잉, 장사는 못 해도 항꾼에 밥이나
묵고 가쑈 한다
돌림병 무서워 장사꾼 못 들오게 하지만
장사꾼도 나그네, 밥때 그냥 못 보내는
석가모니 발우도 미소 지을 '조선의 마음'이다
그러나저러나 끼니끼니 국 끓여먹고 사는 할매들 반겨
주는 마을들 덕에

그래도 서럽지 않아 좋은 때였다

돌림병이 걷잡을 수 없이 돈단다
마을회관 태반이 문을 걸어잠갔다
문이 열린 회관에도 몇 사람 없다
할매들 모여 있는 어느 마을
회관마당에 들어서는 미역장시를 알아본 아짐이
문도 안 열고 투명창으로 손사래를 친다

올겨울 유랑장사를 접는다
구멍가게 밖에 의자 몇 개 내놓고
막걸리를 마시고 있는 동네 할배들 모습이 새롭다
사람들 모두 각자 집에서 나오지 않게 될지도 모른다 생
각하니
저 풍경이 얼마나 정겨운지
이제야 알겠다

단풍잎 떨어져

간밤 된서리에
피를 토했구나
단풍나무 발밑에 홍건히 고여 있는 시뻘건 피

한 계절 보내는 일이
한 생을 지나는 일이
너도 붉은 울음이구나

마른 햇살 아래
그 흔적 불타고 있다

혼새

저승새라고 부르더라
한밤중에 혼새 운다
외줄기로 운다
슬픔도 저리 가지런하면
저리 깊으면

혼새 우는 새벽
천길 물속 아득한 그곳
자다 깨어
거기 어디서 곧게 뻗어 울리는 소리
다시 깊고 깊은 곳
아늑하여
몸이 녹는다
마음이 녹는다
하루가 물칼처럼 씻기었다
살아온 날들이 그림자로 흙속에 스미었다
무덤처럼 평안하다

4.16

그날 이후 사는 게 무서워졌어
처음에는 이게 뭔 일이지 했지
하루 지나고 이틀 지나고
점점 가슴이 쫄아들고 있을 때
장터에서 미역을 팔고 있을 때
사람들이 세월호 아이들 이야기를 했어
그날 손가락이 문드러지도록 창문틀을 뜯어내려다 물속
에 잠기는 아이들이 내 속으로 들어온 날
그 거대한 공포가 덮쳤어
장사는커녕 서 있을 수도 없었어
밥을 먹을 수도 숨을 제대로 쉴 수도 휘청이는 다리를 눕
힐 수도 없었어
갑자기 평생 단 한번도 행복한 적이 없는 사람이 되어버
렸어
같은 몸 같은 집 같은 인연 속인데
모든 것이 비극이었어
언제라고 인생이 행복뿐이었을까만
그래도 부르던 노래와 풍류와 호기와 넉넉함은 다 쪼그
라들어

벌벌 떨었어

오래 그랬어
어디를 헤매 쏘다니는지 넋이 없다가
강가에 앉아 꺼이꺼이 울었어
온 세포가 무너져내리는데
세상에!
몸이 살려고 하는 거야
그 무서운 놈이 조금씩 사라지면서 세포 같은 것이 말갛
게 꿈틀거리는 것이 느껴지는 거야
내 몸 또한 하나의 생명인지라 저도 살자고 하는구나
살자 울었어

진도에 갔더니
배 가진 사람들이 그랬어
아이들 인양하러 바다에 들어갔는데
창문틀 붙잡은 손가락이 어찌나 꽉 붙어 있는지 뗄 수가
없었다고
아무리 힘을 써도 안 돼서 그랬대

애야 엄마가 기다린다 집에 가자
그러니까 손을 놓더래
그렇게 데리고 나왔대

제주도로 건너가 신당마다 찾아다니며
빌고 또 빌었어
아이들아 용서해라
살아남은 사람들을 위해서가 아니라
원혼이 되지는 말자
고운 아이들아

내 새끼가 아니라도 이리 죽겠는데
에미들 애비들
죽을 만큼 힘들어도
그대 또한 한 생명
바닥에서 올라오는 생명의 소리를 붙잡게 되기를!

그리하여
우리 아이들과 죽음에서 일어서는 에미 애비들과 살아
남은 사람들이

부디 이 원한의 세상을 풀어나갈 수 있기를!

아이들을 수장시킨 년놈들을 끌어내리던 날
그 배를 바다에서 끌어올렸지
건져진 넋은
목포 신항 부두에 매어 있는데
살아남은 이들은 아직도 씻김굿을 다하지 못 하는구나
처참한 몰골로 녹슨 배
세상 이마 한가운데
뜬 눈으로 박혀 있는
세 월 호

지구 끝까지 고운 세상 될 때까지
잊을 수 없는
아이들아
아이들아
우리 고운 아이들아

옥수수쉰내

포도나무 사이에서

포도 상자가 나온다

옥수수쉰내와 함께 나온다

사내의 눈동자처럼 까만 포도송이 가득하여

까맣게 탄 얼굴 웃으니

옥수수 같은 이빨 더욱 하얗다

푹푹 찌는 더위

땀은 한 말

등은 이미 다 젖었다

산마을 복숭아밭에서 나오는 사내도

강마을 사과밭 사내도

들논에 논둑 베는 사내도

느닷없는 소나기에

삼각대로 세워둔 깻대 위에

한삼자락 같은 비닐 날리며 동이며

엉덩이 뒤뚱뒤뚱 허둥지둥 바쁜 아짐도

같은 냄새

포도 복숭아 사과도 나락도 참깨도
옥수수윈내 먹고 자라
씨알 통통하다

옥수수윈내 안 나는 놈
여름을 건너뛴 놈
오곡백과 입에 넣지 못하리

비올바람

대숲이 먼저 일렁인다
젖은 바람이
살아 있는 것들의 옷자락을
세차게 뒤집는다
해는 옅고 짙은 구름에 가리어지고
숲은 사람의 거처처럼 음산하다

마른 겨울나무들이 젖는다
숨쉬는 것들의 숨결에도
물기가 묻어 있다
늙은 개의 눈가가 축축하다

강여울이 먼저 목놓아 울고
겁먹은 새들이 낮고 빠르게 난다

비가 내린다
제 속에 울음이 차 있는 줄도 몰랐던
나무가 비로소 운다
울음소리는 빗소리에 묻힌다
지렁이 울음소리를 들을 수 없다

성산포

해보다 먼저 일어나
해를 맞으러
바람 부는 바다로 간다
눈 들어 온통
하늘과 바다뿐인

해보다 먼저 나온
푸르스름 하늘
하늘 담은 검은 바다
더욱 검은 갯바위
그 색깔들 하얗게 섞어 부딪히는 파도
앞에 제단 하나 진즉에 자리잡고 있었다
바닷가 마을 사람들
어찌 무릎 꿇어 제 올리지 않을 수 있겠는가

바다 건너 소 한 마리(우도)도
길게 엎드려 머리를 조아리고
굽 높은 제기를 벌려 놓은 듯
물그릇을 비워 놓은 성산봉도
하늘이 내려오길 기다리고 있다

서귀포에서 온 가난한 화가는
제단 옆에 또 다른 제단을 만들어
돼지머리와 술 대신
캔버스와 붓과 물감을 늘어놓고
해를 기다린다
흐린 욕망은 세찬 바람에 날아가버리고
말갛게 씻긴
그니의 물감은 강렬하고 선명하다
저 화가를 그리고 싶다

이 모든 그림을 저 제단 위에 올려놓고 싶다

구름 뚫고 서광이 쏟아진다
날마다 다른 해가
쉬임없이 새로운 구름 속에서
끊임없이 뒤집어지는 바다 너머에서
오늘
눈부시게 떠오른다

제2부

애비는 토벌대였다

애비는 토벌대였다

목포에서 기차 타고 고흥 바닷가 할애비집에 갈 때 벌교
에서 내리기 전 애비는 차창 밖 산을 가리키며 말했다 내가
저 산에서 빨갱이를 몇 놈이나 죽였지 아무도 가르쳐주지
않았는데 심지어 학교에서 '여순반란'이라 배웠는데 단박
에 알았다 아, 빨갱이들은 좋은 사람들이었구나 애비는 나
쁜놈이구나

애비는 평생의 숙제였다

장흥 국사봉으로 물러난 빨치산 따라 강진 군동 파출소
로 배치된 애비는 순사 월급을 털어 아낙들만 남은 황량한
들논 굶주린 집집마다 쌀을 나눠주었다 나쁜놈이 안 나빠
서 이상했다

에미는 군동면 용소 옆 마을 영영 돌아오지 않은 빨갱이
의 아내였다 유복자 아들 하나 딸린

바닷가 고향에 처자식 두고 온 애비는 에미를 업어왔다
애비는 좌천당해 섬 진도로 에미를 보쌈해왔다 용소 옆 할
아버지가 데려간 오대독자 유복자는 날마다 동구에 나가
땅거미가 짙게 내려앉도록 오지 않는 에미를 기다렸다

불행한 에미는 불행한 아들딸을 낳았다 시국치리 잘못한 에미를 안쓰러워할 틈도 안 주는 메마른 정내미 떨어지는 독한 에미였다

애비는 술로 살았다 사흘이 멀다 하고 에미를 뚜드러팼다 밥상을 엎고 살림을 때려부쉈다 아무리 울고불고 말려도 소용없자 어린 딸은 다락에 올라가 이불을 뒤집어쓰고 귀를 막았다

애비는 술로 죽었다 애비를 묻던 날 상여소리 매김소리 따라 한정없는 "관세음보살" 받는소리 들으며 마음속 묘비명을 외었다 술꾼에 난봉꾼 여기 잠들다

아이답지 않은 아이, 청춘답지 않은 청춘은 죽은 애비 나이가 되도록 위태로웠다 세상은 여전히 낯설었다 시국치리 잘못한 에미의 딸 또한 시국치리를 잘못한 것이다 딸의 아들보다도 더 어린 애비에미도 그때 위태로워서 그랬을까 삶이 낯설었을까 하필 갈라놓은 땅에서 태어나서

고사리 삼천배

봄이 와도 더 이상
고사리 끊으러 산에 갈 수 없는
다리를 절뚝이는
십일시 장터 주모에게
고사리를 끊어다 드렸더니
꼬사리 한나 끊을라믄 땅에다 대고 절 한 자리씩 해사 쓴
디 아이고, 오늘 삼천배는 했것네 복 받을 것이여 했었다

끊을 때마다 절 한번씩 받으니
고사리는 끝끝내 죽지 않고 살아 자손을 퍼뜨린다니
그래서 제삿상에 꼭 오른다니

나는 오늘도 숲속에서 홀로 삼천배를 하였다
고사리 한 대궁 꺾을 때마다 작은 손 아이 하나 되살아
나고
어린 새들 맑게 지저귀고
숲속 가득 연초록 빛이 비끼어 쏟아져 내렸다

십일시 전라남도 진도군 임회면의 장터 이름.

영산강

홍어 삭는 냄새 알싸한
영산포에 내리면
옛이야기 옛옛이야기 흐르는
영산강을 따라 걷자

그날
흰옷 입은 사람들 모여 살 땅을 찾아
한반도를 뒤지다
처음 영산강에 이르러 내지르던 탄성이 들린다
야트막한 동산을 뒤로 하고
넓고 푸른 물 앞으로 흐르는 기름진 땅
이 아름답고 풍요로운 땅에서
천지만물과 더불어 온 생명 누리리
그렇게 첫땅에 자리잡은 택촌 마을에 서보자

걷다가 고인돌 하나 만나면 고개 숙여 절하고
가만히 그 소리 들어보자
마음 정갈한 사람 하나 하늘의 뜻을 물어
살아 있는 육신 지니고 일찌감치 고인돌에 들었으니

그 영혼 고인돌에서 떠나지 않고
우리들이 지혜를 물으러 오기를
지금도 기다리고 있단다

더러 어리석고 더러 지혜로운 자 있으니
힘 자랑 골목대장 놀음 즐기는 남정네들 얼러두고
하늘 아래 땅 위에 모두가 내 새끼들
엄니 마음 되어
갈길 잃은 이들 이끌었던 족장 여인의
몇 천년 삭지 않은 뼈를 보았는가
그 거대한 무덤들을 보았는가

홍건너들 모리내들 강뎅이들 싸돌아
터지목들 뒤편 오랑동에서 크나큰 옹관 구워내니
풍호나루로 배 띄워라
시금평, 흙암들 들판 뒤로 복암리 장생이들에
먼저 간 이들 한 층 한 층 높여 쌓아 동산 이룬
고분들 속에 옹관들 묻혀 있다

진거리들 서닷내들 앞들 넓은들 높은들 건너
구진포에도 황포돛배 띄워라
씨잘데없는 승촌보 죽산보 걷어치워버리고
영산강하구둑도 다 터버리고
목포 앞바다 흑산도 지나 큰바다 율도국까지
거침없으리니

손 타지 않은 강가 야생의 억새밭 아름다운
사포, 중천포, 다야나루터 지나
석관정 나루터에서 뱃길 잠시 멈추자
석관정 오르면 빼어난 풍광 읊던 그 옛날 시인들처럼
시 한 수 절로 나온다
내처 올라 이별바위에 서면 시는 곧 울음이 된다
지구 저편 고인돌 함께 애타는 기다림도
엄니들 애끓는 마음도 저버리고
엇나간 종자들이 일으킨 전쟁으로
끌려가는 아들 지아비 실은 배 멀어지는 두물머리
몸을 날린 여인의 통곡소리 쟁쟁하다

한반도 지형을 만들어내고 휘돌아가는
느러지 곡강을 지나
강폭 드넓은 몽탄
기차가 들어오는 몽탄역에 가보자
흔적없이 사라진 명산역을 찾아보자
덜컹대는 버스조차 들어오지 않던
가난한 영산강가 사람들을 만나보자
옹기 구워 다도해 섬섬마다 실어나르던
뚝심 좋고 부지런한 남정네들을 만나보자

만선 깃발 휘날리는 홍어잡이배
바다 건너 강 거슬러 영산포로 올라갈 제
멀리 바다에서부터 북소리 울리며
옹기배 닿은 사연 전설처럼 쟁여진
섬 섬을 타고

뱃머리를 북으로 돌리자
압록강 짙은 물에 닿으면
긴긴 물길 되짚어

백두산에 오르자
북쪽의 고인돌들 무사한가
장진강가 자리잡은 우리 형제들
어찌 살아왔는가
와락와락 껴안아보자

이 시에 등장하는 지명들은 영산강 지역의 지형에 따라 붙여져 내려오는 말이다.

봄 빨래

여드레만에 해가 나왔다
온갖 것을 빨아
봄햇살 가득한 마당에 널어 놓는다
묵은 기운 날아가고 척척한 기운 꼬실꼬실해지겠다
따순 바람 불고
매화 피어 마을에 향기 퍼지니
수건과 양말과 옷가지에
매화향 배고 햇살 쟁여진다
세수하고 얼굴 닦을 때 매화향 나겠다
양말 신을 때 봄볕 따시겠다
옷 입을 때 봄기운 걸쳐 입겠다

금둔사 1

어차피 올 봄이
마중간다고
서둘러 올까

해 지고
해 뜨고
해 지고
해 뜨고
푸른 새벽 동쪽 하늘
만 목숨 보채는 통에
성가셔서 해 밀어줄까
해 꼬리 수평선 너머 꼴깍 넘어가도
붉은 노을 어둠에 잠기도록 지켜보는

겨울 가고
봄 오고
또 겨울 가고
봄
발싸심 하는
섣달 매화

그때 그 엄마 그 누이들을 찾습니다

그날
계엄군에 쫓겨 금남로 아무 건물에나 쑥 들어간 날
주인 아주머니가 다급하게 손을 잡아 숨겨주던 날
건물 문을 부수고 계엄군이 뒤지기 시작하자
뒷문으로 빼주던 날
마침 지나가던 택시를 잡아 무조건 올라탄 날
계엄군이 그 택시마저 세워 나를 끌어내리던 날
택시에 타고 있던 아주머니가
내 아들이야
머리통째 가슴팍에 끌어안아준 날
나는 살았습니다
그 아주머니는 엄마 맞습니다
나를 살려낸 엄마입니다
우리들 엄마

그 뒤
금동 사창가 허름한 사무실에서
검은 사람들이 건너편 여인숙에서 석 달 넘게 감시하고
있는 줄도 모르고
그날의 기록과 테이프와 판화들을 만들고 있을 때

세상으로 들고 나갈 때
밤새 콜박스 일 하던 누이들이
골목 양쪽에서 번갈아 망을 봐주었습니다
세탁소 아저씨는 연락병이 되어주었습니다
그렇게 오월을 지켜준
우리들 누이

얼굴도 이름도 알 수 없는
그때 그 엄마 그 누이들을 찾습니다
함박꽃 함박함박 피어난 오월
꽃 속에 숨어 있는
우리들 엄마와 누이들 찾아
망월동에 왔습니다
살아남은 목숨 평생 미안하여
밥 안 넘어가는데
푸짐하게 피어난
하얀 이팝나무꽃
그니들이 지어내어준 쌀밥 같아
나는 또 꾸역꾸역 살아납니다

득량만

바다에 가둘을 수 없는 사람들

맨발로 파도 끝자락을 밟고 있다

모래밭에 수많은 발자국

바다에 흔적도 없다

비린 갯내는 바다를 건져 먹고 사는 사람들의 자취

저문 바다 뒤로 하고 배들은 들어오고

붉은 부표들 한데 모여 으르렁댄다

갈매기는 사납게 울음 운다

어떻게 살아도 매한가지라고 바다가 일러주었나

득량도 바다 건너

술꾼에 난봉꾼 여기 잠들다

묘비명 아래 애비가 누워 있다

애비는 빨치산을 쫓고

산사람이 된 사람들 집이 되고

북녘으로 건너는 길이 되어준

일림산 깊은 골은

해를 등에 지고 검게 누웠다

묏동도 산도 아무렇지도 않다

바다는 늘 아무렇지도 않다

뒤집어졌다가 또 아무렇지도 않다
득량만 한가운데
다 가라앉았다
하얀 반달 무심하다

지리산 문수사 반달곰

악아!
이거이 뭔 일이다냐
니가 어째서 거기 있다냐
숲에 있어야 할 니가
지리산으로 수도산으로
깊은 산 누비고 다니는 니가

참말로 이거이 뭔 일이다냐
산은 산인디
산꼭대기 밑에 절인디
어째서 한평 남짓 철창 속에 갇혀 있다냐
흙 밟고 나무 보듬고
낙엽 삭는 까만 흙에 꼬숩게 누는 똥오줌을
어째서 녹슨 쇠막대기 밑으로
질질 싸고 있다냐

이거이 어치케 된 판이다냐
이십년 전에 누군가 방생하라고
네 마리를 시주했다는구나

그중 두 마리는 방생하고
두 마리는 '사나와서'이라고 가뒀다는구나
사나와서……
야생동물은 사나운 것이 본분일 거인디
누구한테 어치케 사납단 말이냐

한 마리는 쇠창살 안을 쉬지 않고 맴돌고 있다
한 마리는 눈을 딱 마주쳤다
눈길을 피하지도 않는구나
저 까만 눈
어째야 쓰끄나

그 앞에 '반달곰 먹이 2000원'이라고 써 있다

문수사 경내에는
목탁에 박자 맞춘 염불 소리
스피커로 흐른다
저 짐승들 저라고 두고
염불이 되끄나

잠이 오끄나

전생에 반달곰을 이십년 동안 창살에 가두어놓은 스님
두 분이
지금 저 두 마리 반달곰이끄나

초록 눈물

우리의 산천은 무얼 보고 살아왔길래
저 초록의 숲에서
무성한 울음이 터져 나오는가

우리 젊은날 얼마나 많은 비명소리와 피눈물이 스미었
길래
봄이면
땅을 뚫는 새순처럼 슬픔이 돋아나는가

사월 진달래꽃 복사꽃 피었다 지고
오월 오동나무꽃 이팝나무꽃 흐드러지는데
쌀밥그릇 숟가락을 뜨다 말고 무담시 떨어지는 눈물
내력없이 몸은 아프고 여기저기 고름이 잡힌다

친구야
만나서 술 한잔 하자
꽃다운 나이 꽃답지 않은 시절을 살아버린
우리의 가슴에 술이라도 부어주자
아직도 어디선가 끊이지 않는 죽음의 소리 죽임의 소리

초록 바람에 잔뜩 실려온 눈물
소주잔에 뚝뚝 떨어져도
젯상에서 내린듯 두손 받치어 음복을 하자
아무 말 없이 그냥 울기라도 하자

임자도

바다는 부드러웠다
바다는 그저 맑게 푸른 빛
하늘은 순한 소라색이었다
바람도 부드러웠다

전쟁을 겪은 에미들은 하늘색을 소라색이라 했다
에미는 계집아이에게 소라색 타이즈만 입혔다 장에서
아이가 하얀색 분홍색 타이즈를 집어들면 에미는 아이의
뺨을 후려쳤다
아이들 꿈은 진즉에 소라색 하늘과 푸른 바다가 만나는
수평선에 빠져 죽었다

섬들은 따듯했다
망망해서 오히려 가슴이 턱 막히는 수평선을 가리워 모
래사장을 품어주었다

낮도 안 가리고 배시시 웃어주는 아이는
수평선에 빠져죽은 계집아이를 할매라 부른다
수평선 끝에서 되살아난 계집아이처럼

큰아이는 물 끝으로 나와
모래밭에 배를 깔고 엎드린다

세월은 갔다
죽은 꿈도 갔다
새로 온 아이들처럼
가느다란 파도가 밀려온다
가만히 있어도 또 한겹 하얀 파도가 밀려온다
수평선에서 한겹 한겹 무수한 파도가 대기중이다

4.3의 아침

혼새 울음소리 아스라한 새벽이면
옅어지는 잠을 밀어내며
어디서 오는지 알 수도 없는
무거운 울음이 짓누르며 들어찼다
밑도끝도 없이 뒤숭숭 뒤숭숭 허우적대고 있었다 일어
날 수 없었다
유채꽃밭처럼 환한 아침은 오지 않았다

아주 맑은 날
바다 건너 한라산이 수평선 위로 꿈처럼 떠 있을 때면
부르는 듯 가슴이 뛰었다 아득해졌다

만신의 나라
신령의 섬

왜구의 처녀 노략질을 피해 빌던
강정 신당 아래 엎드리니
양키의 군홧발이 설문대할망 발가락을 짓이기어 지르는
비명이

몸을 빌려 터져나온 오열인가 했더니

왜놈도 아니고
양키놈도 아니고
내 형제들이 총을 쏘았다 이유도 없이

북촌 너븐숭이
뽑아놓은 무처럼 밭에 널린 주검들
피 흘리며 쓰러진 어미의 젖을 물고 있는 아가
그 애기 울음소리
십리도 못 가서 아이고 아이고
또 십리도 못 가서 아이고 아이고
수만의 통곡 소리
바람에 실려 온 섬을 떠돌고 있었다

그랬구나
남풍 불 때
그 바람 뭍으로 올라와
혼새의 목청으로

밤새 울고 울었구나

달게 받으리
아침을 무차별 난사한 나라의
이 아침
죄없는 목숨들 도로 살아나
봄꽃처럼 피어날 때까지
날마다 아침마다 차오르는 울음
탓하지 않으리
잃어버린 아침 탓하지 않으리

강정 제주특별자치도 서귀포시 강정마을.

팽나무

곧고 고운 몸
그런 적 없다
비 오면 비 맞고
눈 오면 눈 맞고
별 뜨면 잠 오고
해 뜨면 꿈틀거린다

거센 바람 불어
버틴 적 없다
삭풍은 삭풍대로
훈풍은 훈풍대로
날 궂은 대로
날 좋은 대로
이리 구불 저리 구불
멋대로 살았다
땅 기운 하늘 기운
닿는 대로 살았다

굵디굵은 몸통

머리를 산발하고
팔다리 짱짱하게 휘청이며
비틀릴 자유
신령의 춤사위
늙은 팽나무

사려니숲

키큰 삼나무
신성한 땅에 들어서는 중생들 누군고
사천왕처럼 늘어서서 지키고 서 있다

에미와 아들이랍니다
오오, 신성한 동행이구라
거센 바람 막아주고
숲길을 내어준다

삶의 숙제를 어지간히 마친 환갑의 에미
인류 이래 가장 이상한 시국을 만나
장가도 못 간
앞날이 오리무중
서른 갓 넘은 아들
이름은 강토
할망의 품 속
붉은 흙길을 걷는다

숲은 온갖 나무와 온갖 중생들

가을 햇살 맑은 바람 더불어
고요하고 평화롭다

얼추 다 자란 새끼 노루 한 마리
에미 궁둥이 쫓아다니다
젖을 물고 있는 힘껏 빨아댄다
젖을 먹이는 에미 노루
흑수정처럼 반짝이는
저 눈과 눈이 마주친다

인간 에미는 노루 에미가 부럽다
이 신성한 땅에서
신성한 풀을 뜯어먹고
신성한 젖을 먹이는
그리고 신성한 땅에 똥을 누이는

순이삼촌 아저씨는
들똥 예찬을 푸짐하게 하였더렸는데
엊그제 백록담을 내려오던 강토는

인간의 똥통까지 미처 닿기도 전에
하는수없이 산똥을 누어서
에미 코에 꼬숩더랬는데
숲똥을 차마 못 누고
위기를 맞았다
노루 모자는 숲을 뛰어논다

드디어 인간의 똥통을 찾아 들어간 강토
눈에 그렁그렁 눈물이 달릴 만큼
참으로 진지하게 일을 보던 어린 강토가 보인다
새끼 입에 맞난 것 들어가는 것만큼 오진 시간
세상의 모든 에미는 주책없다
아저씨가 다 된 아들 똥자랑이라니

바람은 다시 부드러워지고
인간 에미와 아들은 가벼운 걸음으로
숲 밖을 향한다

할망이

햇살과 바람과 나무와 붉은흙과 산새와 노루들을 돌보
다 말고
인간 에미와 아들 뒤를 어루만진다

제3부

진돗개의 죽음

아무리 당신을 사랑하여도
죽음은 나만의 것입니다

마루 밑에 묶이어
당신이 집을 나서는 순간부터
나는 늘 당신을 기다렸습니다
기다림은 내 평생의 업이었습니다
나를 두고 가는 당신의 애잔한 눈길을 잊지 않았습니다

당신이 돌아오고
우리는 산과 강을 돌아다녔습니다
때로는 설레이며 때로는 침울하여
당신은 걷고
나는 숲속으로 물속으로 거침없이 뛰어다녔습니다
그 시간이 올 것을 믿기에 기다림은 그다지 힘겹지 않았
습니다

어느 날 갑자기
젖먹던 힘까지 다해

쇠보다 더한 목줄이라도 끊어버리고
마루 밑이 텅 비어 있거든
나를 찾지 마세요

기다리지 마세요
당신에게 내 주검을 보여주고 싶지 않아요
죽을 때는 나만의 시간이 필요하답니다

당신의 할머니의 할머니의 할머니가 그랬듯
숲속 깊은 곳
커다란 바위 밑
아마 고인돌이었겠지요
눈 내리는 하늘을 바라보며
깊은 명상에 들 것 같아요

당신을 두고
이제 나는 돌아갑니다
사랑하는 당신
안녕

사랑

너와 나의 사랑은
우리 일이 아니야
인력으로 되는 일이 아니잖아

이루지 못한 사랑의 원혼들 떠돌아
마음 부릴 데를 찾아 헤매다
덜커덩 우리들 가슴에 내려앉아 버렸지
우리는 그 원,
그 사랑에 둘러싸여
옴짝달싹 할 수 없었잖아

원 없이 사랑했지
더불어 혼령들도 한을 풀었지

우리의 만남은
두 우주가 부딪는 일
천지간에 가득한 신명
끝도 갓도 없는 우주
그 한없는 기운

모두 모아 합의를 하였으니
우리는 여지없이 갈라지고 말았지

우리가 만나고
헤어지는 일은
만인만물 고이 모신
의례를 치르는 것이지
원도 한도 없으라고
우주전쟁 한바탕 벌이는 것이지

성묘

엄마 아부지 묏동 뒤에
할아부지 할무니 산소
얼굴도 모르는 증조 할아부지 할무니
증조할아부지의 할아부지의 할아부지
무덤 산이 하늘에 닿아 있네

묘도 알 수 없는 엄마의 엄마
또 할무니의 할무니의 할무니

나는 역삼각형의 아래 꼭지점 하나
위로 올라가 역삼각형 윗변은 무한대로 열려 있어
얼마나 많은 엄마 아부지와 할아부지 할무니가 있어
백조일손
천조일손
만조일손

그 끝에 할무니는 마고
어미는 마고

내 속에는
영리한 어미도 있고
술보 압씨도 있고
눈만 껌벅껌벅 벅꾸 같은 할아부지도
하얀 머릿수건 쓰고 장꽝에서 비손하는 때때고조 할무
니도
적장의 목을 날리는 의병 할아부지도
나무아미타불 염불 외는 까까머리 꼬깔 쓴 할무니도
들어앉아 있다
망나니도 있을까
있겠지

그 모든 사람들이 다 내 안에 있다
흰옷 입은 제사장 무리, 복본의 꿈 잇는 천손도 있다
마고도 있다
마고가 온 곳도 있다

벅꾸 장승 혹은 벅수.

불을 놓아

겨울 끝자락
마른 바람은 찬데
금빛 햇볕 아까운
등짝은
화아
따듯하네
강가에 바짝 마른 갈대밭
지난 여름 폭우에 쓸려온 쓰레기들
강가 낮은 나무 가지마다
만국기처럼 걸려 있네

불을 싸지르고 싶어라

오래 고운 사랑조차
똥을 누고
낙엽이 지고
쓰레기들 휘감고

그대

마음에 불을 싸질러버리세
낙엽도
검불도
쓰레기조차
화르르 화르르
태워버리세

심지 곧은 나무들 살아남은
검게 순정한 땅 위로
연둣빛 싹
올라오거든
그렇게
새로 사랑하세

미역장시 시집

시를 쓰는 미역장시가
오일장 노점 좌판 미역 옆에
시집을 올려 놓았다
섬진강가에 사는 여섯 시인의 시집

군살 하나 없이 마르고 단단한 중키의 사내가 지나가다
『섬진강 시인들』 시집 앞에 섰다
새까맣게 탄 얼굴로 보아 몸으로 벌어먹고 사는 사람임
에 틀림없다
시집을 뒤적여보더니 미역장시 얼굴을 쳐다보고는
“얼마예요?” 묻는다
어쩐지 뭔가 편들어주고 싶은 마음이 다 들기도 전에
입이 빠르다
“만이천 원인데 만 원만 받을게요.”
사내가 지갑에서 만 원짜리 한 장을 꺼내는 사이 미역장
시가 묻는다
“이름 적어 드릴까요?”
“예. 그러면 좋죠.”
사내가 하얀 이를 드러내며 밝게 웃는다

순간 길바닥 좌판 주위가 환해진다
새까만 얼굴에 짙은 눈이 유난히 또렷하다
군더더기 없는 이목구비
잠깐 지친 땀내와 서글픔이 스친다

노점에서 시집을 사가는 사내의 뒷모습을 오래 바라
본다
섬진강 여섯 시인 시가, 미역장시 시가
타향살이마냥 고단한 하루 끝°
사내에게 고향 같은 바람을 몰아다주길 기원한다

시집『섬진강 시인들』중 미역장시 시「저녁 노을」한 구절.

나

나는 나인가
이 부모형제와
이 친구들과
이 세상이 만들어낸
경우의 수 하나인가

식민지와 동족상잔으로 짓이겨진
부모의 마음 그늘 아래
비틀리며 자란 내 형제들과
역사라 불리는 권력노름 총칼 아래
할퀴이고 빼앗기는 세상에서
살아남은 이웃들 동무들
끝내 살아내는 아직 따스한
그 숨결과 손길로 나는 이렇게 빚어졌나
이땅의 산과 바다와 강물이
나무와 꽃들이 숨 불어넣었나

되짚어 올라 올라가
마고의 피가 흘러흘러

한반도로 내려온
어느 단군의 피가
또 어느 단군의 피를 만나
섞이고 고여

나는 어느 때
누구에게서
너와 갈라져 나왔나

그렇듯
수억의 나 중 하나가
나인가

초저녁 강마을 초가삼간 이마 위에 빛나는 저 별은
언제고 나와 한몸이었겠지
어느 때고 한몸이겠지

한라산

설문대할망

입술 모아 후우 불었더니

구름 한 점 걸치지 않은 한라산

맨몸으로 섰다

하늘과 바다는 몸을 섞어

가장 짙은 푸른 물감만 덧칠해가니

경계도 구분도 없어

바다가 하늘이고

하늘이 바다라네

산허리 숲속에서는

뿔달린 숫노루

궁둥이 둥글하얀 암노루

천방지축 뛰어다니는데

최대 유해금수 사람 종자는

쳐놓은 금줄을 따라

죄수들처럼 한줄로 산을 올랐네

할망이 목이 말라 들이켰는가
하늘빛 그대로인 물빛
찰랑 남은 백록담
물 마시러 온 노루 너댓 마리
금줄 밖으로 내려오지 못 하는
사람 종자들
메롱 약올리지도 않고
저저금 잘도 뛰어논다

신성한 꼭대기가 주거지인
까마귀떼는
사람들이 버린 비닐봉다리를 찢어발겨
잃어버린 신성을 뒤지고 있을까
백록담에 물 마시러 다녀올까

할망은 눈을 부벼
검은 바위 아래
흐르는 검은 물 아래
검은 나무 아래

검은 바다 마주한
세 자매들 어울리는
신당을 찾고 있는데
비손하는 딸들 애두롭다

망망대해 한 점 탐라섬
부채질 한번이면 날아갈 것을
자본이 분탕질하는
발 아래 것들
요깟 바람에 날아갈까
돛 떨듯 떨고 있네
비손하는 딸들
숨은 곳 빛나니
바람이 이만하면 다행인 줄이나 알까

보성강

거대한 무게로 빠르게 흐른다
소리 없이 무섭게 흐른다
흙탕물 더욱 버겁다

밤새 억수로 큰비 쏟아지더니
계곡물은 좋아 날뛰며 까부는 소리 시끄럽고
개울물은 떨어지며 부딪치며 아우성 요란하고
시냇물은 허리가 휜다, 아이고 아야 울어댄다

골골마다 넘치는 소리
다 등에 지고
강가 오솔길이 잠기도록 몸이 분
강물은

가벼워질 때까지
말개질 때까지
숨소리 하나 내지 않고
사력을 다해 달리고 있다
몸 부릴 곳
바다는 당당 멀었는가

구례장터

차도 사람도 바글바글
추석 대목 장
물건을 사는 사람
돈을 사는 사람
서로 반갑고
서로 명절 덕담을 건넨다

아침부터 미역 다시마에
그늘 졌다 햇살 쏟아졌다 하는 것이
구름도 모였다 흩어졌다 저저금 분주한 듯

얼추 사갈 사람은 다 사갔나
눈 들어 하늘 보니
깊고 맑고 푸른 하늘에
뭉게구름 먹장구름
끼리끼리 기대려나
건물 사이로 보이는 노고단
마고할미 이마에 얹히어 몸 부리려나

문득

사람살이
장터가
새털처럼 가비얍다

생명

남서쪽 햇살이 들어오는
베란다에
친구는 이파리 두 개
흙에 닿게 꽂아 두었다

하나는 진즉에 말라죽고
하나는 푸른 잎 그대로 살아 있었다

오래도 살아 있네
잊을 만할 때쯤
이파리 뒤쪽에
작은 떡잎 두 잎 숨어서 기르고 있었다

얼마나 애를 썼을까
죽을 힘을 다해 살아냈겠지
그렇게 뿌리를 내렸겠지

그러고 보니
말라죽은 잎 하나도

그만큼 눈물겹게 살다가
그만 지쳐 쓰러졌겠지
산 잎도 죽은 잎도 짠하다

산 잎 하나
떡잎 새끼들
새파랗게 뿌리내릴 즈음
장렬한 최후
노랗게 죽고 있다

늦둥이 아들 하나 키우는
친구는
네가 나고
내가 너구나
쪼그리고 앉아
노란 잎에
조문을 한다

애기 웃음 하늘님 웃음

애 낳고서 미역 귀하고 가난해 미역국 끓이지 못하고 씨
엄씨가 밥 위에 미역 조각 얹어 쪄주더란다
아들딸 줄줄이 낳도록 미역국 원없이 먹어보는 게 소원
이었단다
요새 흔한 미역 다 마다하고 그때 그 진도곽, 옛날 산모미
역만 지금도 먹고 잪단다
이제는 방에서 거실까지 나오기도 사납고
입도 손가락도 제멋대로 삐뚤어지는데

지난번 며느리 산모미역 갖다 주러 왔을 때 누워 있던 떡
애기가 이제 보행기를 밀고 오며 반긴다
방긋방긋 웃더니 미역장시 손을 잡는다
하늘님처럼 손 잡아준다
고단함이 다 녹아 사라진다

베트남 말씨 엄마, 옆집 사는 베트남 말씨 이모, 소파에
앉은 시어머니 뜻을 묻고 귀한 미역 사드린다

애기가 다가와 꼬사리 손으로

미역장시 얼굴을 만진다
아, 부드럽고 따뜻한
하늘님 손길
아, 온몸이 화안해진다
미역장시는 오늘 죄를 다 사하였다
엎드려 절하고 싶었다

미역국 원없이 못 먹었던 할매
설움도 병든 몸도
날마다 어루만지고 있다
애기 웃음
하늘님 웃음

죽곡

깨가 듬성듬성 나다 말어부렀어
비 왔능께 깨모 붙이러 밭에 가야 쓰것다
술꾼들 발길도 깨처럼 듬성듬성
술 칠 일 없는 늙은 주모
찔룩짤룩 다리를 끌며
산밑 괭이밭으로 올라간다

굽은 나무만 선산 지킨다고
마을에 그나마 젊은이라고는
알콜중독자 버버리 반봉사

은둔형외톨이는 아닌가
검은 젊은이 하나
니눈백이 검은개 끌고
키 작은 노랑꽃 깔린
강가 솔밭 사이를 걷는다

바람은 천상 세살배기 어린아이라고
바짓가랑이에 소맷자락에 머리카락에

매달려서 보채며 잡아끈다던° 시인도 일찌감치 떠나고
바람보다 귀한 아이들 기다리는
보성강가 대실
그리움마저 여울물 따라 흘러가버리고

여기가 어디인가
팔십 평생 살아온 대실이
문득 낯설어
늙은 주모는 괭이를 짚고 서서
먼 강 바라본다

해찰

원고 마감이 코앞인데
쓰라는 원고는 안 쓰고
시 한 편 옴팡 빠져 쓰고 나서는
선뜻 높아지는 가을 하늘처럼
말갛고 산뜻해졌다

돈 벌러 나서야 하는 아침
하라는 일은 안 하고
흙마당에 쪼그리고 앉아
아침 햇살 닿는 순서대로 한 송이씩
활짝 또 활짝 피어나는
채송화를 디다보다가
뽀땃하니 부자가 되어버렸다

학교에서 배운 것보다
오가는 길에서 꼬맹이는 더 많이 배웠고
젊은 날
최루탄 눈물 속에서
뒤풀이 막걸리 잔에서

책에 없는 것들을 다 배웠으니

행여 세상 숙제 남았더라도
서둘러봐야 하늘길
친구야
이리 삐딱 저리 삐딱
원없이
해찰이나 부리자꾸나

노랑 저고리 붉은 치마

구순 넘은 노모가
가을볕 투명한
나무 아래 앉아 있다

은행잎 노오란 저고리
단풍잎 붉은 치마
입었다

눈 내리는 바람 속에서 나서
이른 봄 찬서리 하얀 가지를 뚫고
뜨거운 여름
폭풍우 속에서 한 세월 살아낸
이파리들처럼

일본놈들 발밑에서 나서
시집온 지 다섯 달 만에 육이오
좌익 첫남편은 영영 전쟁이 데려가 버리고
유복자 아들 하나 꽃다운 각시
우익 순사 애비가 보쌈해 왔다네

시국치리를 잘못한 탓에
고운 목숨들 사나워져
애비는 에미를 패고
에미는 새끼들을 패고

후려패고 싶은 것이 사실은
이놈의 세상이었음을 알았다면
어린 새끼는 그토록 독기 품고 살지 않았을 것을
고스란히 울어주었을 것을

애비는 술로 살다 돌아가고
에미는 도로 차근차근
가을 나무 성긴 연둣빛으로 말개지더니
급기야
노랑 저고리
붉은 치마
저리 곱게 입었다

된서리 한 방

버티지 못하고
검붉게 꼬실라져버린 이파리들
가을 속을 뒹구는데

아직
굽은 허리 세워
곱게 물들었다

겨울 이끼

여기는 북향의 비탈
아주 낮은 곳
흙이 없어도 좋아
햇살도 아쉽지 않아

키큰 나무들
어미 젖을 빨아대며
흙으로 땅으로 파고 들 때
아비의 큰 사랑 햇살을 갈구하여 하늘바라기 할 때
아주 조금이면 살아
이슬 한 모금
버려진 햇살 한줌이면

떨어진 낙엽
낮을수록 겨울에도 푸른 풀잎
더러 밀려난 나무 뿌리
동무 되어
오래된 지혜 몸뚱이 차가운 바위에
목숨 붙이어

나는 살아

꽃도 피우지

엄동설한은 너희들의 일

푸르른

겨울 이끼

제4부

순천 아랫장 찹쌀 할매

당신 말마따나
모실집을 얇어지고 산천은 뚜까지는 시절이 오니
찹쌀 파는 할매
오랜만에 장에 납시었다
어그적어그적 찔룩짤룩 걸어서
겨우내 간수했던 고구마 한 자루,
농사 지은 찹쌀 한 자루 가지고 나왔다

장이나마나 디럽게 안되네
막걸리나 한잔 받아 묵세
어이, 진도보지 일루 와보지!
자자, 잔대보지!
안주도 묵어보지!
구릿빛 얼굴에 박아넣은 쇠이빨 드러내며
너털너털
우스매소리를 찌큰다

나가 밭에서 일하다 하도 심들어서 그랬당께
하느님, 돈도 멋도 안 바라요

몸띵이로 먹고살랑께 몸만 건강하니 해주쑈
하느님이 내 편이여
아 긍께 팔십이 넘고도 이라고 장에 나오고 안 그랑가

지난 여름 오뉴월 땡볕에
모자도 파라솔도 없이
거두어 말린 마늘을 쌓아 놓고 팜시로
따땃하니 좋구만
아이 엄동설한을 생각하믄
좋제 좋아

그날도 막걸리 한잔 걸치고
껌벅껌벅 자울자울 하다가
햇볕 쨍쨍 장바닥에 뻗음서 하시는 말씀
우리집 아랫목보다 편하네
보지 마라, 보지 될래
자지 마라, 자지 될래
랠랠래 랠랠래

모실집 마을집.

휴식

먹고사는 일의 엄중함
생존을 위한 수고를 얼추 마치고
사흘째 사립문을 열지 않고 있다
아무것도 하지 말자 하기 싫다
밥때 되면 구들장과 밥솥 사이만 드나든다

빈 마음에
아무것도 아닌 것들이 들어온다
방바닥의 먼지
유리창에 걸레질자국
낡은 창호지 문짝
누렇게 뜬 국적 모를 난 이파리

사립문 밖에는
저마다 찬란한 것들이 쉬임없이 굴러가고
고요와 적막으로 어두침침한
여기는 세상의 중심

낯선 곳에 풀어놓은 닭들이

닭장 앞에서만 머뭇거리다
차차 쫑깃쫑깃 걸음을 넓혀가듯이
아무것도 아닌 것에서
눈 들어 하나씩하나씩 세상을 다시 본다

봉정댁

앞집 봉정떡 할매 순직했다
여든여섯 해 밭에서 살다 밭에서 돌아가셨다
바람 억시게 부는 날
축대 높이 쌓아 농토 만든
집앞 개울가 텃밭
쓰리빠 끌고 올라갔다
바람이 미클어부렀는가
비니루가 볿혔는가
두길 아래 쎄멘 바닥에 머리 찍고
입에서 코에서 피흘리고 쓰러져 있었단다
자손들 도시로 다 떠나고
하나둘 차례차례 더러 차례도 없이 세상 뜨고
마을이나마나 할매 여덟에 할배 셋 사는
그나마 둘은 요양병원 신세중인
이름도 거창하게 봉황새 나는 비봉마을
바람 부는 봄날 오후 고요 속에
피가 말라 있었단다

씨엄씨가 곡간 열쇠를 쥐고 있는께

배고팠제

딱 열 낳은 새끼들 키울라고

지녁밥 해멕이고 후라씨 들고 강으로 가

거슬러 올라감서 대사리 잡어

어짠 날은 무성께 자시에도 들오고

어짠 날은 달빛 좋아 잡다 보믄 태평리까장

시루봉 하늘이 삔하게 동터올 때까장 잡었어

아침에 버스 타고 말바우시장 가서 폴았어

마이썩 주믄 후딱 사가

그라고 돈 사다 울 막내 대학까장 갈찼제

주암댐 들어선 뒤로는 대사리가 벨로여

그전에는 물이 많하고 좋았제

은어 황어가 여까지 올라왔능께

쑥지고 쑥이고 미나리고 머우고 끊어다

곡성장에 가서 폴믄 나는 잘 폴아

막걸리 한잔 묵고

내 양석 막걸리 챙게갖고 오후 버스로 들오제

근디 울 막내가 진작부터 못 허게 해

이번에 군의원 됐잖은가

광주서 농산물 걸으러 댕기는 차에 폰 거보다 백배 낫
은디
아이, 전번에 저물도록 캔 쑥이 한 푸대나 되았으까
팔천원 쳐주드랑께
그래도 막걸리값은 하제
한이라고 머시 남것는가
봄이면 여지없이 올라오는 파란 것들 땜에
나 살고 내 새끼들 살고
바람 좋고 햇빛 존게
걱정없어

진도떡! 진도떡!
부르며 마루에 걸터앉아
막걸리 내드리면
쉼표도 없이 주저리주저리 늘어놓으시니
당신 말마따나 냉차게 끊지 않으면
일박이일도 좋고 삼박사일도 짧다 붙들릴 판이었다

하룻밤 하루낮이라도 그 이야기 다 들어둘걸

뭐이가 그리 중했는지
정신을 어따 두고 살았는지
할매 돌아가시니
도서관 하나 없어져부렀다
한 세월 툭 떨어져나가 부렀다
돈으로 편안함을 사는 시상
그 돈 버느라 정신줄 놓고 사는 시상
울 할매들
죄 덜 짓고 온몸으로 새끼들 살려낸 마지막 국보급 위인들
군의원 된 막내는 이제야 알게 될까

좋아하던 술도 끊고
낙이라고는 일하는 낙
밭에서 거둔 것들 새끼들한테 보내주는 낙
밥숟갈 놓을 때까지
쉬임없던 당신의 밭일

니 새끼냐 내 새끼냐 이무럽게

타지서 들어온 미역장시 챙겨주던 봉정떡
집에 사람 없으면
소나기 맞는 빨래
누가 걷어줄까
그럭에 밥 떨어지고 물 떨어지면
울 강아지 누가 챙겨줄까
우리들 엄매
우리들 할매

관이 땅속으로 들어가는 할매 멀찌감치서 지켜본다
영감 옆자리다
강가 양지바른 그중 반반한 터다
재잘재잘 잘도 웃던
우리 봉정떡 할매
거기 가서도 그라고 생긋생긋 웃으쑈잉
아픈 다리 찍찍 끊고 댕기지 말고
지팽이도 떤져불고 휘이휘이 개뿐게 댕기쑈잉
그래 갖고
우리 자손들 순하고 착하게 살아도 되게

존 시상 만들자
진두지휘하고 댕기쑈잉
그도 성가시믄 인자 기양 푸욱 쉬어부쑈
존 디서 펜안허니

소안도 엄매

배는 떴을까

배 아프다
배 타고 두 발로 뭍에 병원 나왔다
영영 하늘로 돌아가버린
엄매
몇 줌 뼛가루로 집에 가는데

소안도 건너다보이는
정도리 구계등
파도 따라 몽돌 구르는 소리 거칠던데
비 내리던데
바람 불던데

사랑해요
행복하다
안 하던 소리 한다고
저도 휴가 내어
늙은 엄매 밥 해먹이고

살림 사주고
안 하던 짓 해놓고
평생 애증 어린 맏딸년 볼멘소리
아랑곳없이
환하게 웃으며 가셨을까

유복자 외아들 신랑 일찍 저세상 보내고
다섯 새끼 키워 뭍으로 보내고
숙제 같던 홀시어머니
어느덧 동무였나
의지가지였나
시어머니 보내고
휘청 허당이었나
이태만에

낌새도 못 챈 새
느닷없이
홀로 가버린 엄매
딸년 큰 눈에서

회한의 눈물 뚝뚝 떨어지는데

아가, 괜찮다
울지 마라, 아가
집에 가자
집 뒤 언덕에
이제 좀 누울란다

소안도 가는데
비는 그쳤을까
바람은 잤을까
배는 떴을까

의지가지 의지할 만한 곳이나 사람.

밝은 빛 따라 환히 가소서

장가 못 간 노총각이 어느 날
설레임을 어쩌지 못하고
입이 귀에 걸려 달려왔다
세상에서 제일 좋은 여자를 만났다고

따듯한 남쪽 큰섬
돌 많고 바람 많은 서귀포 아가씨가
큰산 아래 높은 곳
정신이 번쩍 나는
겨울 바람 매서운
산골로 시집을 왔다

돈 아래 짓밟히는 세상
두어라 말아라
산이 내주는 대로
땅이 내주는 대로
거두어 먹고 살리라
야무진 꿈 하나 품고
산골로 들어온 신랑 따라

그 꿈 함께 나누던
이웃들과 함께
겨울해 짧은 산 옆구리에
아들 둘 낳고
작은집 지었다

그 시절 남자들 대체로 철이 없어
큰아들이라 여기고
아들 셋 에미 되어
산 아래 큰나무처럼 움직이지 않았다
속상한 일이 있었을까 없었을까
비긋이 보살 같은 미소가 대답이었다

아이들은 아프면서 큰다지
아이가 아프면 에미는 가슴으로 아프지
골수로 아프지
큰아들 아픔은 이승의 숙제려니
아들 둘은 선물 같은 힘이려니
아들 셋 살려놓고

나는 그대요
그대는 나인걸
먼 데 아픈 사람들 안 잊히어
마음 나누어 챙기고

내 몸은 잊혀도 좋으리
꺼져갈 듯 꺼져갈 듯
아직 어린 빛은 어이 갚을까
살아야지 살아야지
큰아들 철 들고
두 아들 짱짱해지도록
걸어야지 걸어야지

아들들은 이제 안다
이승의
꿈 같은 인연
이제 몸은
가벼워질까
흩어질까

사랑 사랑 사랑
차마 다 거두지 못한 혼
광대정 바람으로
산비탈 풀꽃으로
작은집 온기로
그대 곁에 남으리니

아픔도 버리고
그 고운 사랑 거두어 안고
가리라
밝은 빛 따라
환하게 돌아가리라

상여소리

― 떠나는 종호에게

덕분에
따듯했던 마음
풍요로웠던 영혼
그 시절 가는구나

마른 바람 분다

너는 감나무집 아들이었다
굽은 허리 굽은 손가락으로
나물 무쳐주고
막걸리 내오시던 엄매가 애두로워
아깝디아까워
술동무들 몰고 가던
운림산방 쌍계사 앞
감나무집
막내아들이었다

절집 목탁소리 들리고
아름다운 꿈 그리는 붓질 소리 들리고

아배의 아리랑이 석달열흘 이어지던
감나무집

아배 엄매도
감나무집도 떠나고
눈에 잡힐 듯 숨어 있는
세상의 모든 아름다움 찾아나선 네 영혼

흰 가운 입은 아내를 따라
닻배소리 닿는 섬 섬을 타고
탑이 서는 마을을 지나
강강술래 노는 소리 가득찬
시앙골 갱번을 돌아
여귀산 밑에 섰다
짠물에서도 말갛게 솟아나는
강계 갯샘은
네 시어의 발원지였다

와경산수처럼

드러누운 그리움이
네 발길마다에 찍힐 때
네 시어는
두서도 없이 퐁퐁
누워서도 솟아났다

봄이 늦게 오는 바닷가 마을에
샛바람 불어오면
청자네서 다시 만나
막걸리 한잔 기울이자고

바다는 뒤집어지고
파도가 하얗게 소나무숲을 할퀴는 날
앞섶을 열어제쳐 보자고

여귀산에서
하늬바람 불어와
강계 조개들 눈 뜨면
청자네가 갯벌에 나가 캐온 조개에

막걸리를 딱 한잔만 하자고

헛된 약속을 했다

그 바다에서 너의 넋처럼 건져 올린
미역과 다시마를 팔아
오늘 나는 장터에서
할매들 꾸깃꾸깃한 지폐
애써 다듬어 펴서
너의 노잣돈을 마련한다

쑥물 향물 청계수
씻김 받고
선녀 같은 호상들 이끄는
꽃상여 타고
애소리 들으며

가라
이승의 아름다움 모두 안고

한번이면 족했던
시절도 안고
영영
가라
아리랑 강강술래 놀며
닻배노래 부르며
하늘로 배 띄워라

늙은 소년

하얀 머리 소년
가끔 자는 것도 잊고
먹는 것도 잊어버리고
종일
휴지를 사진 찍고 있었다
닦아내어 까매진 휴지
터럭 훔쳐낸 휴지
젖은 휴지
손에서 놓지 못하고
찍고 또 찍었다

동네 밖에 나가지 않고 여러 날
길어진 흰머리 핀으로 묶고
뒷산에 올라가
구멍난 바위
포크레인 폭격으로
부서져 널브러져 있는 바위조각
맨살로 발가벗겨진 흙더미
낙엽과 뒤엉켜

그 위를 뒹구는 부러진 나뭇가지

열 장
스무 장
백 장
끔찍이도 귀애하였으니

그 참혹함에 늘상
눈 돌리고 마음 돌리던
나는
기어이 울음 터트리고 말았다

곱고 순정한 곳
마음 머물 곳 찾아
천지간을 헤매는 동안
늙은 소년은
쪼그리고 앉아
그 아픈 것들을
한없이 다독이고 있었던 것이다

백일홍 2

엄마한테 가는 길
집을 나설 때
동구의 자귀나무는
가장 아름다운 나라의 왕관들을 색색으로 모아
꽃을 피웠다

엄마 잃고 돌아오는 길
다리 밑 강돌 위에 앉아 있던 잿빛 물새 한 마리
커다란 날개를 펴서 긴 다리로 천천히 날아올랐다
자귀꽃 뚝뚝 떨어져 강물 따라 흐르고

엄마의 치맛자락에 꽃피던
베갯잇에 피어 있던
백일홍 꽃 동구에 피었다
엄마 없는 사람
엄마 냄새 백일홍

친구 제사

　　남편도 자식도 없이 오십대 중반에 친구는 갔다 지구에
올 때 인연을 선택해서 온다고 말하던 친구는 평생 속 썩인
늙으신 어머니를 빚 갚듯 딱 삼년 극진히 모시다 갔다 마치
죽음의 시간을 맞춰 놓기라도 한듯 이렇게 무더운 여름날
일 다니다 어지러워 영양제 주사 한 대 맞다가 한순간에 숨
을 쉬지 못했다 응급실에서 의식도 움직일 수도 말을 할 수
도 없었던 친구는 두눈에서 주루룩 흐르는 눈물 두 줄기로
작별인사를 대신했다

　　남은 친구들이 열한번째 제사를 지낸다 빛의 몸이 될 거
야 하고 말했던 친구는 지금 어디 있을까 다만 그립고 아쉬
워 전 지지고 나물 무치고 생선 굽고 과일을 올린다 술 한잔
올리고 이 더운 여름날 그렇게 좋아했던 아이스커피도 한
잔 올린다
　　젯상에 와서 흠향하고 지구의 기억을 잠깐 되살릴까 친
구들 냄새를 맡으러 와줄까
　　친구의 바람대로 지구에 다시는 돌아오지 말기를 아름
다운 기억 한 조각 빛의 몸에 녹아들기를 따박따박 촘촘히
겪었던 그 모든 고통조차 두번 다시 만날 수 없는 지구만의
영광 심지어 아름다움

친구가 끔찍하게 분노했던 일들이 우리나라 곳곳에서
지구 곳곳에서 여전히 아니 오히려 더욱 득세를 하고 있다
지상에 남아 있는 자의 바람으로는 하늘의 기운이 이 가련
한 지상에 닿기를 친구의 뜻이 지상에서 이루어지기를

그러나 그도 지상의 일, 살아 있는 자의 욕심이라면 친구
여, 여기 일일랑 아예 흔적도 없이 빛으로만 빛의 몸으로만
살다가
우리도 그곳으로 가는 날 아스라히 낯익은 냄새가 나거
들랑 친구여, 그곳 빛의 몸들의 세상으로 우리를 안내해주
게나

한밤중 혈투

친구가 제대로 걷지를 못한다
자다가 발가락이 부러졌단다
자다가?
벽을 차고 싸우는 소리에 놀란 남편이 달려와 보니 멀쩡
하게 자더란다
아침에 일어나 보니 발이 퉁퉁 부었단다

선하고 발랄한 남편
잘 자란 아들 딸 손주까지
때때로 해외여행 다니며
성가실 일 없는 친구
꿈속에서 사투를 벌인 것이다

가까운 친척에게 사기 당해 전재산을 날리고 처자식 줄
줄이 어찌 먹여살릴까
애가 터져 진초록 액을 토하며 쓰러진 애비를 꼬맹이 때
보았단다

야물고 영민한 친구는 중학교 2학년 때 투표로 반장이 되
었는데

담임이라는 여자가 애들 앞에서, 부잣집 딸 영선이가 되
었으면 좋았을 걸 하고 말했다
　선창에서 갈치장사 하다 말고 엄마가 달려 와 담임 선생
머리끄댕이를 잡고 악을 썼다

어렵게어렵게 대학에 들어갔는데
그해 오일팔이 터졌다
눈앞에서 친구들 피터지며 끌려가고 맞아죽고 사라졌다

낮에 다복한 친구는
밤에 악귀들과 싸우고 있었다
아직도 펄펄 살아 날뛰는
사기꾼, 파렴치한, 살인마
밤새 발가락이 부러지도록 벽을 찼다

2020년 매화

봄바람 사정없이 불어제껴 천지간 흔들어 깨우니
봄꽃들 다 터지고
쑥, 머우, 돌미나리……땅을 떠들시고 일어난다

머리 검은 짐승들은 돌림병이 무섭게 돌아
집밖에 나오기를 꺼리는 봄날
바이러스보다 창궐하는 불안과 두려움이 바람 속에 퍼
지는데
천진한 매화
참말로 곱다
참말로 환하다

손에 쥔 권력 잃을까봐 생떼같은 새끼들 수백명을 수장
시킨 놈들이 있듯
인류의 반이 죽어나가도 상관없는
돈 권력 다 쥔 지배자들이 퍼뜨린 돌림병이라 해도

지금은 두문불출 명상의 시간이다
성찰의 시간이다

내 몸 편하자고 천지만물 못살게 굴고
내 배 부르자고 이웃 중한지 모르고 살았다
이웃들 다 죽고 나 혼자 살아도 무서운 일
니가 살아야 내가 살겠다

내 몸 아끼지 않고 돌림병 극심한 데 달려간 사람들
마스크도 안쓰고 썰렁한 장터에서 각설이타령 장단맞춰
춤추는 엿장수
아랑곳없이 바람 속에 단내 실어 보내는 매화
이 아름다움 아니면 우리는 죽은 목숨

모진질병 돌적에는 약풀되어 치료하고
흉년드는 세상에는 쌀이되어 구제하고픈
혜연선사처럼

이 봄날 매화는 발원한다
이내향기 맡은이는 바이러스 못들오고
아름다움 챙긴이는 생사가 비켜가리

혜연선사 '이산혜연선사 발원문'을 지은 중국 당나라 시대의 선승.

귀정사

밭 가는 농부들
벌꿀 따는 산꾼들
초여름 골짜기 고요 속
엎드려 일하는 사이로
소롯길 따라 숲으로 들어

인적 드문
귀정사

탱화도
꽃 공양도 없는
손바닥만한 불상이라도 좋아
촛불 두 자루뿐
관음전
귀퉁이에 몸을 부린다
마음도 부리어질까

바깥 절마당은 명경지수
산새소리조차 평정심인데

몸 안의 소리는
대포 소리 따발총 소리
제풀에 놀란다

가만가만
따독따독
놀란 아이 어르듯
우는 아이 잠재우듯

자장자장 자장자장
우리아기 잘도잔다
멍멍개야 짖지마라
우리아기 잘도잔다
꼬꼬닭도 우지마라
우리아기 잘도잔다
음머소도 우지마라
우리아기 잘도잔다

어찌 아니겠느냐

부모 형제도
사랑이란 이름으로
빚독촉하듯 뜯어먹고 할퀴는데
길을 찾지 못한 사람들
가리키는 손가락 따라
우르르 우르르 내달리고
왜 그럴까 눈 뜬 사이
어깨가 부딪치고
발길에 넘어지고
지배자 통치자는
한밤중 잠든 닭 모가지 갉아먹는 쥐새끼처럼
호시탐탐 노리다
빼먹을 만큼만 살려두고
지구별은 통째로 숨넘어가는구나

어찌 아니 놀랐겠느냐
허깨비를 보았구나
장난감 병정들과 전쟁을 치렀구나

갓난아이 잠들듯이
쌔근쌔근
숨쉬어라
숨만 쉬어라
꿈이었다
꿈이다
도깨비풀 씨앗처럼 붙어 있는
허깨비와 장난감 병정들
뱃숨으로
뱃심으로 날리고

가만가만
따독따독
정신이 날 때까지
가만가만
따독따독

저물도록 비 오신다

비에 젖은 돌담
돌 하나하나 나이를 드러내며
짙게 반짝인다

마른 땅 아래 물기를 찾아
뿌리를 더듬어 속으로 속으로 파고 들던
어린 고추모, 상추모
어깨를 펴고
이파리들 푸르게 살아난다

물꼬를 막아준 논바닥에는
배불리 물이 차 넘실거릴까

비 먹은 솜처럼
자꾸만 무거워지는 몸뚱이
초록빛 옷 입혀
들판에 내다놓으면
숲의 친구들처럼
파릇파릇 되살아날까

비 맞고 뛰어다니는 아이들처럼
팔짝팔짝 가벼워질까

나는야 겨울나무 外

나는야 겨울나무

나는 작은 배 같다는 생각을 가끔 했습니다. 많은 것을 싣고서는 인생을 다 건널 수 없을 것 같았습니다. 금은보화, 온갖 소중한 것을 바다에 다 던져버리고 생존에 필요한 최소한의 것만 싣지 않으면 가라앉아 버릴 것 같았습니다.

몸이 아플 때나 마음이 아플 때는 더욱 그랬습니다. 먹고 자고 숨 쉬는 것 말고는 재미난 것, 뜻 있는 것, 귀한 것 다 버리고 맨몸으로 웅크리고 버텨야 도로 살아나곤 했습니다.

시골에 살다 보면 사람만 이웃이 아닙니다. 매일 그 기운을 같이 하는 주위의 풀과 나무와 바람……이 모두 이웃입니다. 사람 이웃이 희로애락을 겪을 때도 같이 울고 웃고 하게 되는데 겨울이 닥쳐 주위의 풀과 나무들이 꽃과 열매와 이파리를 다 떨어뜨리면, 나도 따라 마음이 허당을 짚은 듯 횡하니 비어갑니다.

요새 사람들이 잡풀이라고 제초제를 팍팍 뿌려 죽이는 명아주는 봄에 나물을 무쳐 먹던 그 여린 대궁이 단 몇 달 사이에 키가 한 길까지 자라 노인 한 몸이 지탱할 지팡이가 될 만큼 단단해집니다. 쑥이랑 다른 모든 풀들도 봄을 지나 여름에서 가을까지 그 티끌만 한 씨앗 한 알이 자라 백 배, 천 배의 새끼가 열리도록 살았습니다.

그 몇 달 사이 나무는 그렇게도 많은 이파리와 꽃과 열매를 만들고는 기진맥진해 있습니다. 나무는 이제 다정다감했던, 애지중지했던 그 고운 이파리, 알알이 달린 새끼들 다 놓아버리지 않으면 안 됩니다. 알몸이 되어 홀로 아래로 아래로, 속으로 속으로, 흙으로, 뿌리로 들어갑니다. 그렇게 땅속에서 하늘과 소통하며 겨울을 날 것입니다. 해님은 나무가 쉬도록 비껴서 비춰 줍니다.

하늘 아래 생명 있는 모든 것들이 그렇듯 기진하여 달콤한 나락에 떨어지고 있는데, 그 기운이 바람 타고 솔솔 내 뼛속에 스며드는데, 가을 햇살 살살마다 그 소식이 꽂혀 있는데 어찌 사람이라고 여름으로 성성하게 살아 있을 수 있겠습니까? 풀이 죽으니 나도 풀 죽는 것입니다.

그 자연스러운 일을…… '가을을 탄다' 하는 사람들은 유난히 그런 기운을 잘 느끼는 사람들일 것입니다. 가을을 타면 도시 사람들은 제 식대로 '우울증'이라 이름 붙입니다. 모든 것을 인력人力으로 할 수 있다 하고, 천지간에 가득한 기운조차도 느끼지 말아야 할 만큼 무쇠 철판 가슴이 되어, 비가 오나 눈이 오나 봄이 오나 겨울이 오나 똑같이 출근해서 한결같이 열심히 일하지 않으면 살 수 없기 때문입니다. 참 어거지로 살고 있는 것입니다.

예순 번의 겨울을 맞으면서, 그 기운이 늘 봄으로 넘쳐났던 어린 시절 말고는 언제부터인가 시월이 지나면 특별히 아픈 데도 없이 시름시름 앓았습니다. 온갖 세상사가, 심지어 내 코앞에 닥친 일조차 남의 일처럼 여겨지고 몸과 마음이 저절로 틀어박히고 싶어 합니다. 하던 일을 최소한으로 줄이고 되도록 혼자 있으려 합니다. 밖으로 향하던 기운은 이제 안으로, 뿌리로 몽글어 넣어야 합니다.

가만히 누워 있거나 웅크리고 앉아 있으면 자꾸 나무가 생각납니다. 흙 속 깊이 들어가 있는 나무뿌리가 자꾸 눈에 보입니다. 내 혼도 거기 나무뿌리 어디쯤에 있는 듯합니다. 급기야 내가 한 그루 겨울나무 같습니다.

알몸으로 서 있는 겨울나무를 보면 여름나무에 비할 수 없이 아름답다는 생각이 듭니다. 훨씬 나무 본래 모습답다는 생각이 듭니다.

사람도 이렇듯 안으로 파고들 때가 더 사람다울지도 모르겠습니다. 외부 세상과 다른 사람들에 대한 촉수를 거두어들이고 겨울 한철, 몸과 마음에 꼭꼭 숨어 있던 하늘에 들어앉아 있노라면 나무처럼 여름에는 무성해질 것도 같습니다.

춥기로 하자면 소한, 대한 지나는 1월이 훨씬 추운데 내 몸은 11월, 12월이 가장 춥다 합니다. 특히 동지까지가 가장 힘든데, 우리 조상들이 동지를 작은설이라고 불렀던 이유를 알 것 같습니다. 동지가 지나면 이제 희망의 시작입니다.

사람들은 보통 겉으로 느끼는 온도에 따라 12월부터 2월까지를 겨울이라고 합니다. 그러나 24절기 중 입동은 11월

초순입니다. 그때부터 겨울이라 하는 것이 나로서는 훨씬 맞습니다. 우리 할머니, 어머니들은 김장을 할 때 설 전에 먹을 김치와 설 지나고 먹을 것을 따로 담갔습니다. 설 다음부터는 봄이기 때문에 설 지나고 먹을 김치는 더 짜게 담가야 시어지지 않기 때문입니다. 입춘이 보통 설 무렵인 것도 이치에 딱 들어맞습니다.

입춘이 얼마 남지 않았습니다. 이제 겨울이 다 갔습니다. 눈에 드러나는 꽃이며 이파리는 삼월이 지나서야 피워내겠지만, 꽃이며 이파리가 하루아침에 피어나는 것은 아닐 것이니, 천지 운행의 때를 알고 봄기운을 감지한 나무는 지금쯤 열심히 준비를 하고 있을 것입니다. 나무는 다시 그 기운을 뿌리에서부터 가지로 올리고 있습니다. 양지쪽 매화나무 꽃몽우리는 연초록 받침 사이로 하얀 속살을 밀어내고 있고, 단풍나무 자태는 가지가지 붉은 연지 어우러져 파스텔 물감처럼 부드러운 사랑으로 번졌습니다.

경칩에 깨어나는 개구리도 이제 곧 몸을 꼼지락거릴 준비를 할 것이고 쑥도 명아주도 기지개를 켜고 있겠지요.

봄.

우리도 따라 봄이 될 것입니다.

씻김 받고 꽃상여 타고

— 가난이 살려낸 것들

접도 할머니가 돌아가셨습니다. 마지막 몇 달은 그야말로 벼람박에 똥칠을 하며 떡애기가 되었다가 그렇게 오롯이 반대 방향으로 어머니의 품인 흙으로, 하늘로 돌아가셨습니다.

갈퀴손의 며느리가 그 감당을 하다 어무니가 돌아가시자 '낫 놓고 기역 자도 모르는' 그 인생 또한 서럽고 쓰라려 어무니 설움 내 설움 보태서 섧게 울었습니다. 어무니 혼을 씻겨 드려야겠습니다. 며느리는 씻김굿을 해드리기로 합니다.

어무니 나이 쉰쯤에 구신 들린 적이 있습니다. 풍랑을 만나 배가 뒤집어져서 죽은 구신, 그 역시 한 많은 넋이었나 봅니다. 어무니는 그 원혼이 씌어 먹는 것도 자는 것도 모르고 몇 날 며칠을 맨발로 산으로 바다로 헤매고 다녔습니다. 그때 와서 굿을 해준 당골이 있습니다.

당골은 절대로 구신을 쫓지 않습니다. 언제 뭔 영화를 보니까 서양 사람들은 구신을 쫓느라고 오만 짓을 다 하던데 그래가지고는 절대로 구신이 쫓아지지 않습니다. 십자가든 칼이든 힘을 써서 우선 당장 구신을 쫓아놓아도 풀릴 길 없는 원한의 덩어리, 오갈 데 없는 원혼은 결국 누군가한테 또 찾아옵니다.

우리 당골은 구신의 그 설움, 그 한恨 다 헤아려 알아주고 달래고 또 달랩니다. 장구 소리 징 소리 장단 맞춘 당골의 소리는 산 사람 죽은 사람 모두의 마음을 녹이고 넋을 어루만져줍니다. 이 꼴 저 꼴, 사람이 살아생전 겪는 꼴은 다 보고 다 풀어낸 당골의 신명 저 깊은 곳, 저 높은 곳에서 울리는 소리입니다.

소쿠리에 쌀을 담아 그 위에 대竹를 세워놓은 손대를 잡은 망자의 가족에게 망자 혼이 내려왔습니다. 질기디질긴 원한의 미련이 남아 구신은 못 가겠다고 버팁니다. 당골은 큰소리로 호통을 칩니다. 구신은 꾸지람을 듣고서야 덜 풀린 응어리를 다 토해내고 눈물을 흘립니다. 눈물을 흘리면 되었습니다. 그 눈물로 넋이 씻어집니다. 당골의 마음에서도 눈물이 흐릅니다. 이 눈물, 저 눈물, 굿 보는 사람들 눈물……그리고 쑥물과 향물과 청계수로 넋이 씻겨집니다.

구신은 떠돌던 구천에서 더 맑고 환한 하늘로 갔습니다. 접도 할머니도 그렇게 도로 제정신이 돌아왔습니다. 당골은 산 사람과 죽은 사람을 한꺼번에 씻겨주었던 것입니다.

착하고 순한 사람에게 구신이 잘 들린답니다. 독하고 그악스런 인간한테는 구신도 들어오지를 않습니다. 아무리 하소연을 해도 본전도 못 찾을 것 같아서입니다. 당골도 마찬가지입니다. 니 설움이 내 설움이 되고 니 한이 내 한이 되는 여리고 순한 심성의 사람에게 신이 내려옵니다. 당골은 위장병이 있는 사람과 마주 앉으면 그 자리에서 위가 아프고 허리가 아픈 사람과 마주 앉으면 허리가 끊어질 듯 아프다 합니다.

그러니 지상에서 가장 영예스러운 일을 하는 사람이 당골입니다. 땅과 하늘을 잇는 사람이니 말입니다. 그런데 언제부턴가 영악스런 사람들은 급할 때는 당골을 찾다가도 뒤돌아서면 손가락질을 하고 하대를 했습니다. 그러나 낫 놓고 기역자도 모르더라도 그 영혼이 맑은 사람은 압니다. 천지에 가득 찬 신명으로 사람들이 움직이고 있음을……

며느리는 접도 할머니한테 씐 구신을 보내주었던 그 당골을 찾아가 어무니 씻김굿을 부탁합니다. 그 당골이 지금은 영화「영매」에도 나오고 진도씻김굿 마지막 당골로 대접을 받으며 우리나라에서건 바다 건너 일본에서건 전수받으러 오는 사람이 줄 서고 있다는 사실을 며느리가 알 턱이 없습니다.

당골은 이제 나이가 너무 들어 몇 시간씩 계속되는 굿을 할 수 없습니다. 그래도 며느리는 사정을 합니다. 당골은 하는 수 없이 제자를 데리고 가기로 합니다.

장사 지내기 전날 저녁입니다. 당골은 제자들과 징을 잡은 남편과 장구, 아쟁 등의 악공들과 함께 왔습니다. 당골 일행은 관이 놓인 옆방에 앉아 굿물을 만듭니다. 한지를 정성 들여 가위로 오려 지전紙錢을 만들고 망자의 넋이 담길 사람 형상을 만듭니다. '내가 그의 이름을 불러 주기 전에는 그는 다만 하나의 몸짓에 지나지 않았다가 이름을 불러 주면 꽃이

되듯이' 그냥 종이에 지나지 않았던 것이 영혼을 불어넣으면 그냥 종이가 아닙니다. 혼을 지닌 물건이 되는 것입니다.

저녁을 먹고 한숨 돌리고 있는 사이에 문상객 중에 술에 취해 행패를 부리는 사람이 있습니다. 사람들이 큰소리를 치며 그 사람을 쫓아내려 하자 당골이 말합니다.

"제 노릇 하니라고 그랑께 냅둬어……망자가 속아지가 안 풀려서 그런 것이여."

이상하게도 그 말을 듣고 취객이 순해집니다.

이제 곽머리굿이 시작됩니다.

날받이굿은 자손들 우환이 계속될 때 날을 받아 이미 돌아가신 분을 씻기는 굿이고 곽머리굿은 초상이 났을 때 발인하기 전날 곽을 모셔두고 하는 씻김굿입니다. 경우에 따라 조금씩 다르지만 대개 안땅 - 초가망석 - 손굿 처올리기 - 제석굿 - 넋올리기 - 희설 - 씻김 - 고풀이 - 길닦음 - 액막음 - 종천의 순서로 이어집니다.

하얀 치마저고리에 하얀 고깔을 쓴 제자가 조상께 굿하는 것을 알리는 '안땅'을 시작합니다. 이어서 망자의 넋을 불러들이는 '초가망석'입니다. 요란하지 않는 나긋나긋한 춤사위와 목구성이 좋은 당골 제자의 소리가 혼을 부릅니다. 춤집도 좋고 깊고 넓게 트인 소리가 초상집 마당을 울립니다.

　　　　……신이로

곽 관.

허어 허어어 허이허

……에라 만수 에라 대신

……대활연大豁然으로 설설이 나리소사

그러나 마당에 여러 개를 잇대어 깔아놓은 은박지 깔개 위에 악기를 펼친 악공들 옆에 앉아 있던 당골이 혀를 끌끌 찹니다.

요샛것들은 굿판이 무슨 장바닥 소리판이라도 되는지 기예는 열심으로 해대는데 도무지 넋이 어디 있는지 모르겠습니다. 그 장바닥 소리라는 것도 신명이 응해야 제 소리가 나올 터인데 하물며 산 사람, 죽은 사람 넋과 신을 다루는 당골이 제 신명조차 부르지 못한 채 소리를 합니다. 아주 굿이 아니라 요새 말대로 공연입니다. 당골이 아니라 뭔 인간문화재가 되고 대접을 받고 공연을 다니고 박수를 받고……되레 아주 몹쓰게 되어버렸습니다.

저래가지고 망자가 올 리 없습니다. 굿판을 빠져나가 초상집 담벼락에 기대 담배 한 대를 꼬실르고 돌아온 당골은 '초가망석'이 끝나자 제자를 앉힙니다. 말 한마디 않고 주름 진 입을 꾹 다물고 있던 당골이 악공들에게 신호를 합니다. '처올리기'를 당신이 직접 하실 모양입니다. 여든 살 할머니 당골이 이제 굿을 시작합니다.

다앙당당 다앙당당

넋이로세 넋이로세

넋인 줄을 몰랐드니 오날 보니 넋이로세

신이로세에

신인 줄을 몰랐드니 오날 보니 신이로세

넋일랑은 오시거든 넋당산에 모셔 오고

신일랑은 오시거든 신상에다가 모셔 오고……

높고 낮고 가볍고 묵직하고 촘촘한 기운이 넋을 부릅니다. 뱃속 깊은 곳에서 끌어올려 온몸으로 토해내는 소리……산 자와 죽은 자가 그 소리 속으로 이끌립니다. 당골의 소리에는 미움도 악惡도 욕망도 공격도 원한도 없습니다. 제석님이 나리시고 중도 나리시어 시주도 하고 강태공, 적선자, 석가 제석, 백이 숙제, 팔선녀 희롱하던 성진 화상……다 불러내어

……나무南無야 헤에 나무 나무야

나무불이나 나무아미타불……

……여그 오신 여러분들

인간에 따라들고 음식에 묻어들고

열두 부정 열두 살 우환작작 걱정근심 감기고뿔

행운수불을 일실 소멸시켜주고……

시간을 넘나들고 공간을 뛰어넘으며 망자를 즐겁게 해주고

산 사람 명命과 복福을 빌어줍니다. 멀리 단군으로부터 부여, 백제 거쳐 신롱씨로, 수인씨로 공자 맹자, 화타 편작으로 또 금강산, 서울, 합천 해인사, 순천 송광사, 장흥 보림사, 능주 개천사 천불천탑(화순 능주 운주사를 하늘을 여는 開天寺라 하였습니다)……전라, 경상 두루두루 거쳐 제석굿이 끝났습니다.

이제 고풀이가 이어집니다. 하얀 무명천에 매디매디 고가 묶여 있습니다. 당골은 달래듯 부드럽게 그러나 단호하게 매디를 채서 고를 풀어갑니다. 한 매디 한 매디 맺혀 있던 망자와 듣는 사람 원한이 하나씩 하나씩 풀리어 갑니다.

　　　……불쌍하신 금일今日 망재亡者 어느 고에가 맺히셨소
　저승 고에가 맺히셨소 삼신 고에가 맺히셨소
　원혼 고에가 맺히셨소 해원 고에가 맺히셨소
　저승 고에가 맺히셨소 해원 고에가 맺히셨소……
　걱정 근심을 제하시고 새왕극락을 가옵소사……

이어 '영돈말이'입니다. 망자의 옷을 돌돌 말아 일곱 매듭을 묶은 영돈을 세워 시신으로 상징하고 그 위에 사람 모양으로 오린 넋을 얹습니다. 망자의 가족들이 나와 영돈을 잡고 앉습니다.

이제 '씻김'이 시작됩니다. 이슬털기라고 하는 이 대목에서 망자의 넋이 씻겨지는 것입니다.

쑥을 담근 쑥물, 향을 담근 향물, 청계수淸溪水 순서로 빗자루에 묻혀 머리로부터 아래로 세워놓은 영돈을 씻겨갑니다.

망자의 가족들 사이에서 낮은 오열이 일렁입니다.

개똥밭에 굴러도 이승이 좋다고 인간사 희노애락 한바탕이 애통하고 절통합니다. 아이고오, 아이고오, 가련하다 이 내 인생 원통하다 이 내 인생……산 사람이든 죽은 사람이든 이 세상에 한恨 없는 영혼이 어디 있으랴. 넋이 찢기도록 험악했던 원한조차도 다 씻겨내럽니다.

영돈 위에 얹혀 있던 넋을 끄집어내어 손에 들고 '시왕풀이'를 합니다. 그리고 '넋풀이'를 합니다.

이제 가족의 머리에다 넋을 올려놓고 망자의 한이 풀어졌는가를 보는 '넋올리기'를 합니다. 한지로 오린 사람 형상의 넋이 아무 탈 없이 잘 올려집니다. 가족들의 오열이 잦아듭니다.

마지막으로 저승길 길닦음을 시작합니다. 망자의 가족이 나와 한쪽 끝은 기둥에 묶어 놓은, 하얀 무명천이 길게 이어진 질베를 잡습니다. 그 위에 작은 꽃상여, 저승 가는 배가 놓입니다. 당골은 망자가 이승에서의 원한을 모두 풀고 저승으로 천도하기를 빌며 저승길 가는 배를 운항합니다.

>……하적이야 하적이로고나
>
>새왕산 가시자고 하적이로고나
>
>……가세 가세 가세 베 거둬가세 불쌍하신 금일 망자 씻김받고 새왕가세……
>
>내 돌아가네 내 돌아가네 내 돌아가네
>
>어와 세상 사람들아 살았다고 좋아말고 죽었다고 설워마소
>
>나도 어제 살아서는 백년이나 사겠더니 원명이뿐이던가
>
>사생에 때가 있어 이 국 받고 내 돌아가네
>
>에라 만수야 에라 대신
>
>많이 흠향하시고 새왕극락을 가소사……

질베 길베.

하루에도 열두 번씩 못살겠는 이 세상을, 마음 알아주는 이 단 하나만 있어도 견디며 살아가는 것을……당골은 단 한 사람 망자를 위해, 망자의 이름을 골백번도 더 부르며 지극정성으로 풀어주고 달래주고 빌어줍니다.

살아생전 어느 누가 이렇게도 극진하고 이렇게도 절절하게 내 이름을 불러주었던가, 이토록 안쓰러워 애를 끓었던가……모든 이가 내 이름을 불러주네……나를 위해 빌어주네……죽어서야 이런 호강을 다 합니다. 망자는 이제 원도 한도 없을 것 같습니다.

팔순 당골은 어디서 그렇게 기운이 나는지 굿을 하는 몇 시간 동안 지칠 줄을 모릅니다. 굿이 끝나면 며칠은 앓아누워야 할지 모르겠습니다. 저녁 먹고 시작한 굿이 새벽 세 시가 넘어서야 끝이 납니다.

"휴우."

한숨을 내쉰 당골은 "아이고 참……에려운 일 끝마쳤네." 하고 가슴을 쓸어내립니다.

당골은 마지막 기운을 내서 굿물을 거두어 대문 밖으로 나갑니다. 대문 앞 길을 건너 북쪽 바다를 마주한 모래톱에서 굿물을 하나하나 불사르면서 징을 두드리며 망자를 보냅니다. '종천'입니다. 새벽녘 징 소리가 지상에, 하늘에 울려 퍼집니다.

불을 놓아

1판 1쇄 인쇄	2026년 3월 12일
1판 1쇄 발행	2026년 3월 20일
지은이	장진희
펴낸이	임양묵
펴낸곳	솔출판사
편집	박윤호 김민석
디자인	김현수
마케팅	한의연
경영관리	백승은
주소	서울시 마포구 와우산로29가길 80(서교동)
전화	02-332-1526
팩스	02-332-1529
블로그	blog.naver.com/sol_book
이메일	solbook@solbook.co.kr
출판등록	1990년 9월 15일 제10-420호

© 장진희, 2026

ISBN   979-11-6020-216-8   (03810)

• 이 책은 전라남도, (재)전라남도문화재단의 후원을 받아 발간되었습니다.
• 잘못된 책은 구입한 곳에서 바꿔드립니다.
• 책값은 뒤표지에 표시되어 있습니다.